D0925936

El osito que no se podía dormir

Para mi madre, con cariño—C.N.

Para mi madre: por su
eterno cariño y apoyo.—V.N.

El osito que no se podía dormir

Por Caroline Nastro

Ilustrado por Vanya Nastanlieva

North
South

Érase una vez un osito que no se podía dormir en pleno invierno. Mientras su mamá y sus hermanos dormían, Osito se quedó despierto. Las hojas se cayeron, la nieve llegó, y aún Osito no se podía dormir.

Dejó su hogar para visitar a sus vecinos,
pero todos dormían.

Asi que Osito siguió caminando.

Hasta que dio con una gran ciudad . . .

. . . ¡dónde nadie dormía, hasta en el medio del invierno!

¡Había tanto que ver y tanto que hacer!

Osito fue arriba y abajo,

de aquí para allá,

de un lado para otro, y por todas partes.

¡Había tanto que hacer!

¡Tanto que hacer!

¡Tanto tanto que hacer!

Vio la famosa Estatua de La Libertad.

¡La opera estuvo
maravillosa!
¡La comida deliciosa!

¡A Osito le encantaba
la ciudad que nunca duerme!

Visitó el Museo de Arte Metropolitano,
y se enamoró de un Jackson Pollock.
¡Aquí estaría todo el invierno!

¡No hacía falta descansar!

Él podía seguir,

y seguir

y seguir . . .

si no fuera porque empezaba a sentirse . . .

tan . . . tan . . .
¡CANSADO!

Encontró un banco agradable en Broadway,

que no era exactamente el sitio ideal.

Buscó un sitio para descansar en Times Square,
pero los coches y los taxis pitaban y pitaban.

Encontró un rincón tranquilo bajo
el *Barosaurus* en el
Muséo de Ciencias Naturales,

pero un guardia le despertó y le dijo, "Lo siento, señor, El museo se cierra".

Se acurrucó al lado de un
árbol en el Parque Central,
pero un guardabosques
le dijo, "Se tiene que ir. El
parque se cierra."

Así que Osito se fué de la ciudad que nunca duerme y anduvo . . .

y anduvo, y anduvo, y anduvo . . .

. . . de vuelta al bosque y a su hogar, dónde se acurrucó
entre su madre y sus hermanitos. No había taxis para
despertarle, ni guardabosques para echarle.

Era solo Osito, sus sueños, y el silencio del invierno.

Caroline Nastro nació y se crió en la ciudad de Nueva York, donde reside actualmente. Es una dramaturga galardonada y directora de teatro. Éste es su primer libro de ilustraciones.

Vanya Nastanlieva nació y se crió en Bulgaria. Actualmente, reside en Cambridge, Inglaterra. Recibió su Masters en Ilustración De Libros De Niños de Cambridge School of Art en el 2011. Su libro de Ilustraciones, Mo and Beau, recibió el Premio de Ilustraciones de Niños Macmillan de 2011, por lo que fue muy elogiado. El libro se publicó en el 2015. Éste es su primer libro de ilustraciones para NorthSouth Books

Text copyright © 2018 by Caroline Nastro
Illustrations copyright © 2016 by Vanya Nastanlieva
Spanish translation copyright © by NorthSouth Books, Inc., New York 10016.
Spanish translation by Mercedes Herrero

First published in the United States, Great Britain, Canada, Australia, and New Zealand in 2016 by NorthSouth Books, Inc., an imprint of NordSüd Verlag AG, CH-8050 Zurich, Switzerland. First Spanish-language edition, 2018.

Distributed in the United States by NorthSouth Books, Inc., New York 10016.
Library of Congress Cataloging-in-Publication Data is available.
ISBN: 978-0-7358-4334-9
Printed in China
1 3 5 7 9 • 10 8 6 4 2
www.northsouth.com

FSC
www.fsc.org

MIX
Paper from responsible sources
FSC® C003941